A mis abuelos,
por la felicidad, los besos en la almohada,
nuestro cuento de los viernes
y el sol en el balcón de los días.
Porque los echo mucho de menos siempre.

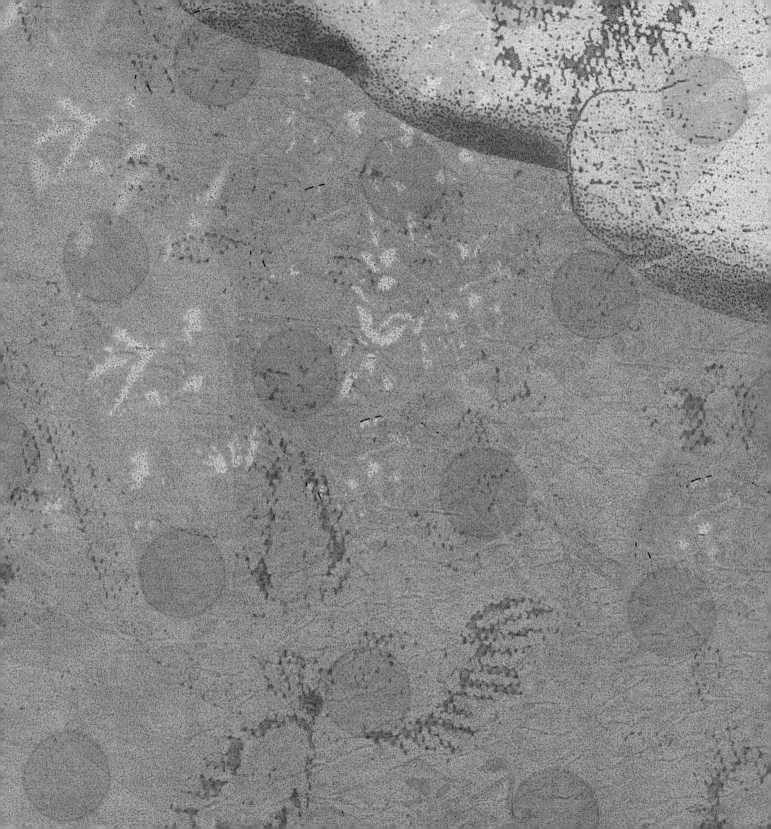

RAQUEL DÍAZ REGUERA

UN BESO ANTES
DE DESAYUNAR

Lóguez

Todas las mañanas antes de irse al trabajo, la madre de Violeta, mientras su hija aún duerme, le deja un beso sobre la almohada. Un beso azul en los días soleados, más azul todavía en los días nublados y siempre, siempre, un beso azucarado para endulzarle el desayuno.

Aquel día la madre de Violeta tenía prisa, pero ¡claro que no olvidó dejar el beso en su lugar!

Cuando Violeta se levantó, cogió el beso y se lo puso en la mejilla. Era un beso tan fuerte que estuvo a punto de tirarla de espaldas, tan inquieto que saltó de su mejilla a su nariz, de su nariz a su frente, de su frente a su cuello y, después de besuquearla por todas partes, escapó por la ventana.

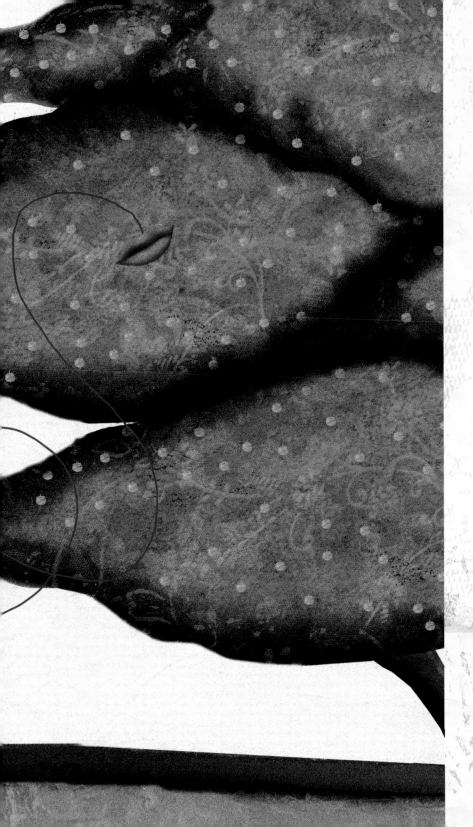

Y voló, voló, voló hasta aterrizar sobre las ramas de un almendro.

Como era invierno, el árbol estaba desnudo y medio dormido, pero al sentir el bailoteo del beso sobre sus ramas, floreció y al instante se llenó de albaricoques listos para comer y chuparse los dedos.

Uno tras otro, todos los árboles del barrio fueron contagiándose de su olor a primavera. Los cerezos se llenaron de naranjas, los ciruelos de peras y los limoneros de manzanas maduras.

Después de saltar de rama en rama, el beso, sonriente y feliz, cayó de la copa del árbol y voló, voló, voló hasta que un pájaro que pasaba por allí se lo llevó en el pico.

El beso de Violeta se acurrucó
entre sus plumas y éstas cambiaron
de color volviéndose azules, verdes
y amarillas. El gorrión estaba tan
contento que surcaba el cielo
haciendo piruetas mientras cantaba
y cantaba sin parar.

Su alegría invadió a todos los pájaros con los que se cruzaba y cada uno de ellos entonaba hermosas melodías mientras sus plumas se teñían de colores

brillantes. Así que aquella mañana, las golondrinas, los gorriones y los vencejos
que sobrevolaban la ciudad parecían pájaros tropicales.

El beso saltó de entre las plumas y el viento lo arrastró con él, y voló, voló, voló por el azul del cielo hasta posarse en una nube triste y gris que estaba a punto de derramar su lluvia sobre los tejados, pero el repentino cosquilleo del beso en su barrigota ahuyentó la pena y un besazo muy sonoro la hizo sonreír.

De pronto se sentía tan feliz que se cubrió de flores y lunares, y las demás nubes que surcaban el cielo la miraron y se llenaron de gotas de alegría, y una tras otra fueron cambiando de color, así que aquella mañana, el horizonte parecía un inmenso algodón de azúcar.

Y de carcajada en carcajada de nube, el beso de
Violeta, despistado, bajó rodando y voló, voló,
voló... Esta vez se coló en la lavandería de la
Señora Marcela, en el cesto de la ropa para ser
exactos.

Y cuál sería la sorpresa de la lavandera al
descubrir que las prendas se habían teñido de
mil colores: blusas rosa chicle, camisas rojo
fuego, pantalones verde limón... Sin embargo, a
nadie parecía importarle y todos en el barrio se
vistieron como si fueran de fiesta.

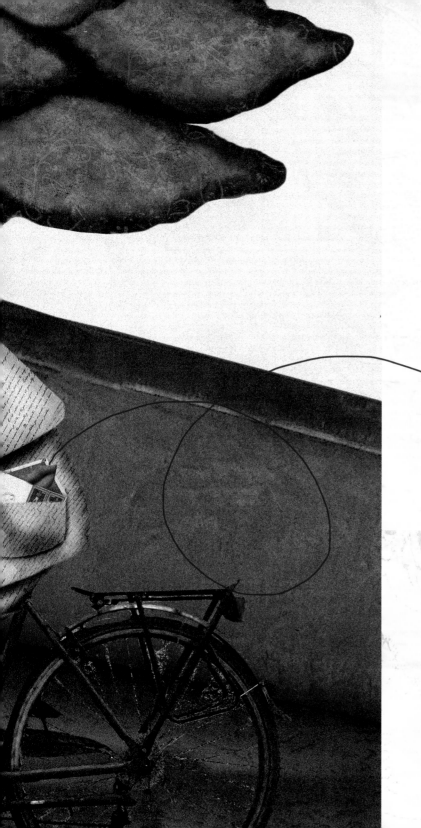

El beso escapó de los volantes de una falda y voló, voló, voló hasta meterse en el bolsillo de la chaqueta del cartero. Y el cartero lo dejó caer en la saca de las cartas, así que nuestro beso se paseó por los sobres, entre las palabras y los acentos. De esta forma las cartas se llenaron de versos de amor, de buenas noticias y palabras alegres...

Cuando la señora Lucía, la panadera de la Plaza, recibió el correo esa mañana, saltaba de alegría y su corazón daba volteretas mientras leía los hermosos versos de sus cartas.

Por supuesto, nuestro beso, que andaba remoloneando entre las palabras, volvió a escaparse, y voló, voló, voló por cada rincón de la panadería, hasta caer dentro de la artesa donde se preparaba la masa para hacer pan, y de ahí, ¡al horno!

Harina, agua, levadura y una pizca
de beso, que a fuego lento creció y
creció...

Rosquillas, bollos, vienas y pasteles,
todo estaba delicioso y lo más
increíble era que al saborear
cualquiera de los manjares que te
ofrecía la panadera, asomaba lo
mejor de cada persona. Aquella
mañana el pan sabía a sueños
recién hechos.

Cuando la madre de Violeta volvió de trabajar, le sorprendió ver lo cambiada que estaba su calle. Los vecinos más serios reían por cualquier cosa y se saludaban cariñosamente.

El almendro estaba cuajado de albaricoques, los pájaros cambiaban de color mientras entonaban melodías, las nubes parecían de caramelo y el olor a pan de azúcar se colaba por todos los callejones.

Incluso la señora Isabel, siempre

tan seria y vestida de negro, llevaba

una chaqueta de flores, un pañuelo

de lunares y una sonrisa de oreja

a oreja mientras de su bolsillo

¡salían mariposas de colores que

revoloteaban a su alrededor!

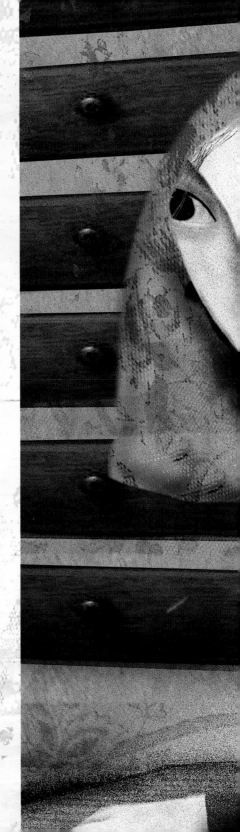

Con la boca abierta, entró en la panadería y olía a

azúcar y a mermelada de melocotón.

Detrás del mostrador, la panadera amasaba

panecillos y la invitaba a una galletita salada.

Antes de irse con su pan calentito bajo el brazo,

notó un suave cosquilleo en los labios.

En una última escapada, el beso, recién horneado,

voló, voló y voló hasta posarse sobre éstos y ahí, por

fin, se quedó dormido.

Mañana, antes de irse a trabajar, la madre de Violeta volverá a dejar un beso en su almohada.

Quizá el día vuelva a llenarse de palabras dulces y colores brillantes, pero si no fuera así, lo que sí es seguro, es que Violeta volverá a sonreír al ponerse el beso en su nariz.

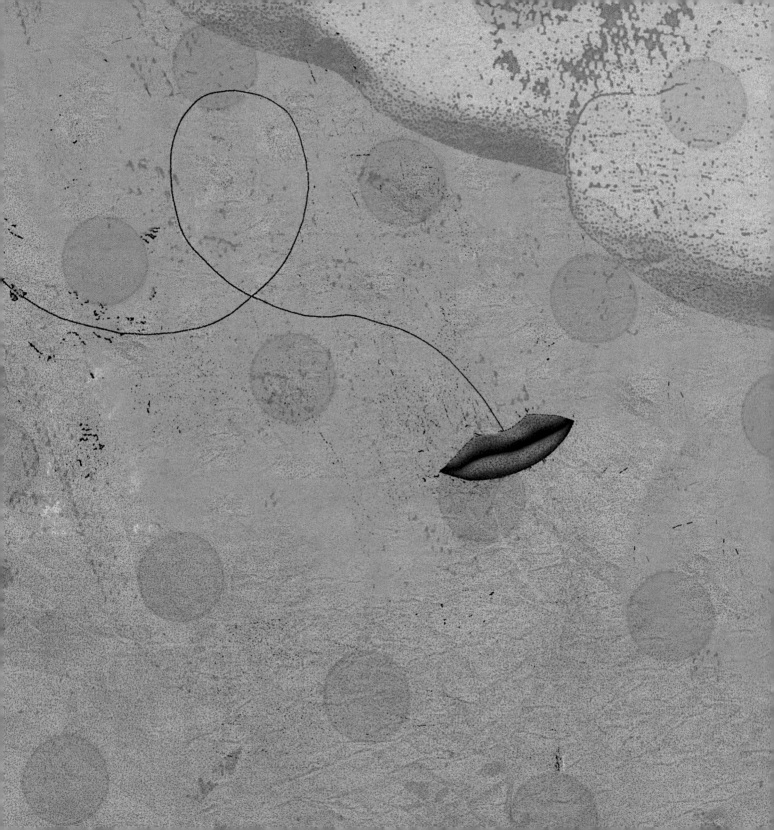

Segunda edición, mayo 2012
© Texto e ilustraciones: Raquel Díaz Reguera
© 2011 Lóguez Ediciones, Santa Marta de Tormes (Salamanca)
Todos los derechos reservados
ISBN: 978-84-96646-62-9
Depósito legal: S-330-2012
Impreso en España - Printed in Spain
Gráficas Varona, S.A.

www.loguezediciones.es